人工擁抱

潘柏霖

寫詩寫小說，和其他東西。
曾自費出版詩集《1993》、《1993》增訂版、《恐懼先生》、《1993》三版。
啟明出版詩集《我討厭我自己》。
尖端出版小說《少年粉紅》、《藍色是骨頭的顏色》。

代序：如果這是為什麼潘柏霖永遠不會快樂的原因

我想要更多人認識我／我想要被別人引用在作文裡頭／我想要大學國文用我的詩當考題／我想要有人聊天的時候不經意提到我，提到現代詩不管喜歡不喜歡都必須講到我／我想要在捷運上看到有人讀我的詩集／我想要看到拍賣網站上我的詩集被高價販售／我一直都想要出一本鑲嵌詩集，但夏宇《第一人稱》已經做過這樣的設計，我不想被說我抄襲但我更不想一輩子沒出過一本鑲嵌詩集／我想被邀請去參加重要的文學活動，但我不要參加／我想要被拍照，被登上雜誌封面／我想要成為更多人的目標／我想要那些人看著我的書，夢想未來有一天可以成為我／我想要成為每個人的朋友／我想要我說話的時候有人聽我說／我想要有人愛我／如果有人愛我，我就可能愛我／我想成為角色，把自己變得抽象，讓大家都能介入／我需要被大家介入，這樣我才能感覺完整／我想要世界毀滅的時候我可以坐上宇宙救生艙成為延續人類文明的火種／我想要人知道我，真正知道我，看見我的靈魂／不，我不想要。我想要人們看著我，只愛我的輪廓／我想要因為我的長相被愛，不是因為我是我／我想要被崇拜／當別人說「你好厲害」的時候，我想要說「才沒有呢」／我想要終於可以在派對上開懷大笑，不感覺寂寞／我想要在書店被認出來，問我能不能幫他們簽名，我想要他們跟我討擁抱／我想要暢銷／我想要被想要／我想要 LGBTQ 社群團結多元發展，但我想要大家都相信我知道怎樣才是好的社群好的人類好的訴求／我想要有個人說，我是發生在他身上最美好的事情／我想要有人愛我愛到願意毀滅世界，愛我愛到發明時光機為了挽回我／我想要不再努力作任何事情也能感到滿足／我想要感覺我裡面空了的那個什麼被填滿，我不想再覺得自己破洞／這樣子或許，所有人給我的愛，我才能真的保留／我想要被抄襲，被模仿，被學習，我想要他們真的以為自己能成為我／我想要沒有人能夠真的取代我／我不想要被大家忘記／我想要我犯錯了也能輕易就被原諒／我想要我這輩子不用擔心害怕任何事情／我想要傷害人，但沒有關係，因為我可愛，我值得所有的愛／我想要輕易就弄壞別人喜歡的東西／我想要拒絕別人對我的需求／我想要被愛愛到我忘記自己是誰，只記得我是被愛的／我想要與眾不同。從小我就被說有一天是特別的，那個念頭像是寄生蟲一樣住在我腦袋裡面，每當我做得不夠好就會醒來咬我的大腦，讓我好痛／我想要有一天我有資格寫一首這樣囂張的詩，因為我就是可以揮霍／我想要知道快樂的感覺是什麼／我想要不再躲在角落大哭／我想要停止不斷道歉的慾望，我不想再說對不起了／我想要不再回顧過去所有自己犯下的錯錯過的人搞砸的日子，我想要向前走／我想要我寫的明明是錯字，卻被認為是藝術／我想要成為藝術／我想要有選擇，我想要有七千六百四十三顆蘋果能夠選擇，就算我只想吃一顆／我想要被討厭／我想要在推特上被酸說我寫這什麼鳥東西，臉書社團貼我的詩分析我有多麼垃圾，我想要被說我是在寫分行散文／我想要被嘲笑是平庸的作者，但隨便一首詩都能被轉貼無數次，每一首詩都是主打歌。然後這時候我要說，沒關係的，有評論都是好的／我想要把惡評貼出來給大家看，看大家急著安慰我，我想要看大家告訴我「這是哪位我根本沒看過不知道他誰」／幹，我還想要好多好多／我想要厲害到大家就算討厭我，也不敢不邀請我去他們的活動／我想要他們不敢告訴我說他們討厭我就算他們心底恨我恨到想把我拆開扔走／我想要被崇拜。不對，我想要大家害怕我／我想要當藝術家，不想當網紅／不對，我應該是想當網紅，我真的想當藝術家嗎／我想要用一樣的句式寫一百首詩但就是每一首都比你變來變去還要更好／

我想要對這個世界產生影響，我想要拯救世界／不，不對，我想要的是讓這個世界繞著我轉／我想要可以隨便取消跟別人的約會／我想要我的文學就是文學／我想要決定別人的道德／我想要跟女生做愛的時候也跟男生做愛／我想要寫一首詩結束之後我就再也不對自己的存在感到羞恥／我想要大家給我錢，單純只是因為我存在／我想要寫小說，改編影集，我想要挑選我喜歡的人演我替他們量身打造的故事劇情／我想要做任何我想做的事情，只因為我可以／我想要在捷運上張開大腿，因為我值得三人座位／我想要拍一支影片，告解我的罪惡，讓所有人安慰我，對我感到抱歉／我想要抓出我腦袋裡面不斷醒來蠕動的蟲，我想要安靜／我想要漂亮。我當然知道漂亮是社會建構的概念，我知道漂亮重要是因為父權結構下好看的東西被當成珍貴的貨幣，我當然知道有更重要的事情需要焦慮，全球暖化、沙文主義、異性戀霸權和性別性向與性相關的歧視，但每當我看到鏡子裡面的自己，我唯一想到的就是，幹，為什麼我不夠好看。／我想要不用再長大了，我現在就已經足夠／我想要不再想死／我想要成為自己，不對，完全錯了，我想要成為那個不是自己的自己，那個會被喜歡，會被接受，會擁抱自己的自己／我想要有一天不再感覺憂鬱／我想要見到神，我要神也覺得我可愛／我想要寫一首嘲諷的詩，但被認真看待／我想要你掐我的脖子，我想要你有點太認真。我想要你有點想殺死我／我想要我的國家獨立，但我想要我的國家有錢兼容並蓄／我想要有個醫生男友。啊不是，我才想起來為什麼我會有這個念頭，因為我的前男友前女友都劈腿了醫生男友／我想要不用認同別人，別人要來認同我／我想要我的身體是大家想要的身體／照鏡子的時候我想要說，對，你就是最好的，你是值得被愛的／我想要結束一切／我想要強壯我想要健康我想要嗨我想要抽到醒不來我想要醒來／我想要比現在更年輕／我想要不再創作／我想要用個瓶子把我的情緒裝起來扔到最深最遠的海底／我想要有複雜的歷史，國家受害者父親，受虐母親，早孕妹妹，販毒哥哥。我想要我的背景故事符合完美藝術家生成要素／我想要當我說「我很難過」的時候對方點點頭告訴我說，我懂，你好辛苦，你真的好努力了，你好棒／我想要成為勵志書籍／我想要傷痛／我想要不想要我剛剛說的這些／我想要有人可以告訴我好的人生怎麼做，不對，是讓我相信好的人生怎麼過／我想要告訴自己，有一天你會真的比現在更好，你會知道自己得到再多也不會快樂，你不可能有滿足的那一天。到時候你會真的才能開始變好／我想要不知道那一天不是現在也不是明天

班尼　2020/05/20

你想找到一些東西
放到你身體裡面
讓你擁有還活著的幻覺
吃一些藥，擁抱一些人
參與集資
買一些詩
讓你分心
讓你以為你好像在乎
讓你不用其他感覺

你不想感覺。
你總是忘記帶
你買的環保餐具
到獨立書店吃蛋糕
你上網看別人
讀你想讀的書
支持地下咖啡廳
但星巴克比較方便
參加不用付費的藝術展覽
你穿一些特別的衣服
呈現自己還有感覺

你以為羞辱就是幽默
大家笑了
你以為自己說的話
很有創意
有人聽見，非常重要
你討厭政治正確
你想要可以說任何
自己想要說的
但你希望社會公平
弱勢不被傷害

追求生活得體，你參加
同事的生日派對
和不太熟的朋友聚餐
抗議你不太知道的事情
你說你想改變世界
找到完美的生活方式
你想變得聰明
躺在床上整夜不睡
想起也是有過幾個夜晚
有人抱著你
和你一起失眠
你竟然不覺得無聊

你想起有過一段時間
你對一切都不感到無聊
海不只是海
花也不只是花
一切都比它們的原本更多
好像是大病一場
張開眼睛
看見的什麼都是奇蹟
後來就只剩荒原

你繼續生活
你想解決自己
你不知道怎麼對這個世界
不再感到困難
你想想要被知道你在這裡
你想要知道自己存在。

那天在路上你看到
一個男孩被這世界擦掉
你停下來
看著他一點一點消失
你用力抱緊自己
你先是哭了
然後笑了起來

派對結束了，我該去哪裡

我不知道要怎麼喜歡自己像我喜歡你
我把我最好的海給了你
我做你會做的選擇
所有我寫的詩都是你
我已經很久沒有看見鏡子裡的自己

我知道我不能一直回頭尋找出路
時間是迷宮，我會吵醒好不容易睡著的怪物
但怎麼做，我才能不再想改變
那些已經發生的劇情
那個童年還沒吃到就掉到地上融化的霜淇淋
應該結束卻沒有結束的關係
那個在當時沒有原因，沒有意義，活了下來的自己

我拔掉指甲，好痛。就好像你在這裡
我倒轉時鐘，回到過去，想修正已經發生的事情
對不起，我做錯了，原諒我好嗎
回到更開始，更早一點
阻止我踏出房門，買那一杯咖啡
阻止我走上那一條從未走過的路
阻止我和你的相遇。

我可以說謊，假裝我不太記得所有事情
但我記得每一個和你有關的過去
我記得第一次我知道我喜歡你
你願意做那些沒有人願意做的艱難決定
你笑起來那麼好看，像是剛睡飽的小孩
你那麼輕易就拯救了我
你是下在我身上最及時的一場雨

為什麼人會傷害自己
吃不適合的食物，太晚睡覺
想著那些早已經不在的人
我當然可以說我已經不記得你了
當我在派對上，和每一個人擁抱
和陌生的他們跳舞，談論我不在乎的議題
但當派對結束，一個人站在大街上
在每一輛車子的後照鏡裡我仍然只看見你
我不知道我該走去哪裡

你是我的過去
我過不去

你能不能把我還給我

你能不能幫我
把問號變成句號

告訴我為什麼愛一個人的時候
鏡子裡的自己
看起來是隻怪物

是不是只要夠好看
就算沒有心臟
也能被真心對待

誠實真的是好的嗎
那為什麼那些說著相反的話
過著相反生活的人
都好像這麼幸福

怎麼會只喜歡一本詩集
裡頭的某一首詩
一張專輯裡頭的一首歌
喜歡一個人的時候
也沒有辦法喜歡他的全部

遺忘了就能痊癒嗎
我是應該忘記我愛你
還是忘記你不愛我
哪種可以讓我
比較靠近自我

你不是個壞人
你只是個壞掉的人
把那些好過的日子
記得太深太深
錯的是這個世界
我怎麼可能責怪
還是相信奇蹟的你

我知道憂鬱是一個人的王國
我無法進去
只能等你自己出來
那並不是我的錯
只怪我自己還是待在門外
等你把城門打開
已經好久好久

我好想保護你
只是不知道該怎麼做
可以告訴我嗎
多用力擁抱你
你才願意留在這裡
要說什麼話
你才願意回應

你整個人像是一個正在流血
我整個人壓在上頭
也止不住的傷口
我害怕我沒有辦法拯救你

為什麼沒人教過我
怎麼接受那些
註定離開自己的人
進入自己的世界
怎麼辨識那些
看起來是綿羊公園的屠宰場

為什麼沒人告訴我
怎麼在愛人的時候
不會受傷
怎麼在因為他受傷的時候
不去愛他

我沒有辦法比現在勇敢

告訴我怎樣愛人啊
如果我只見過
被愛毀滅的廢墟
每一個誠心說愛的人
都淪為焚身的獸

我怎麼可能知道怎麼溫柔
當我只聽過
「你不夠好」
這類的稱讚
當我曾經躺在床上
無法移動
應該保護我的人
指責我在裝睡

你不要怪我不夠赤裸
我曾把拉鍊打開
讓一個人把我全部看透
他把我的肋骨拿走
看著我的心臟
笑了一下
問我那是什麼

你是要我怎麼懷抱信念
有過這麼一個人
把自己的肋骨
送給受傷的魔鬼
而被神詛咒
每日每夜
挖心掏肺
刮骨刨肉

現在的我在狂風中走
頭髮全被燒光
皮膚脫落，腳踝露出骨頭
耳朵塞滿黑色的噪音
體內的火藥全都爆炸
只是因為我
曾經不小心
給過一些人按鈕

我以為夢境
是為了那些
終將無法再相遇的人
所發明出的咒語
只是為什麼
你在我的夢裡
卻和別人相遇

只是想到你
住在大腦的螞蟻
就全部急著爬到心裡
我的心被咬出孔隙

我想我必須忘記
和你一起看過多少電影
吃飯時你打翻飲料
弄髒我最喜歡的大衣
我也沒有生氣
忘記有些晚上
像是氣球一樣漂了起來
想著你就稍微
找回重心

我想我的心臟
很快就不能負擔
我就不會再想你了
它已經滿是洞口
現在比較多人愛我
那些愛不斷進來
卻只能全部出去

那些要我喜歡自己的人都先死了

為什麼壞事
總是發生在我身上
好想要被擁抱
讓我知道自己存在
告訴我我在好嗎
喊我的名字
說我可愛
說我值得被愛

明明很快樂了
怎麼會還不滿足
愛一個人的時候
就害怕自己看不見他的全部
難道所有不好的事
都是因為我不夠好

要愛自己
要喜歡自己
你是可以被原諒的
這些屁話我當然知道
難道你以為我不想和別人一樣
該笑的時候就笑
難過的時候就說我他媽的好難過
餓了就吃飽

只是開口要求幫助好難
認識自己，接受自己好難
愛人太難，被愛更難
不用吸管好難
不開冷氣好難
健康好難
把生活過得不那麼無聊好難

是不是有些人吻過我
差一點就讓我
以為自己是真實的
我才一直想要更多

是不是真的被一些人
太用力愛過
愛到讓我從此以後
怎樣被愛
怎樣不夠

1.
所有的怪物
都希望自己
和其他怪物不同

2.
被咬過的人
都希望傷口
能開出花來

3.
我想我沒辦法確定
我是真的喜歡你
還是只是喜歡
被人擁抱

4\.
有些人我不擁抱
是害怕被他們弄壞
有些人我擁抱
是因為我能把他們弄壞

5\.
小時候爸媽抱我
我不知道那就是愛
現在的我抱你
我害怕你不知道那就是愛

6\.
很久很久以後
我會遇見一個人
之前遇見的每一個人
都變成盜版的

有那麼多我不該說的話
我都太早說出口
那麼多買了的課程
說要學會的技術
應該好好對待的人
沒有一件事情做到

在很好的時候遇到的那些人
現在最好都不要再碰面了
有些以為很重要的事
都不重要了
擁抱裡頭藏著的那個什麼
以前還是蜂蜜
現在蜜蜂全死掉了

擁抱過一個人
讓我覺得我更像自己
才知道自己是個男人
這後來我也不想要了

被一個人擁抱過
沒有把我弄壞
那個人也不會知道
他是第一個這麼做的

就不要再出現了
那些可能被愛
可以被喜歡
無聊俗爛的勵志標語
我已經知道那是不可能的

就都走吧
我們不要再遇到
這輩子不用知道
彼此有沒有成為
我們離開彼此
以為就能成為的人

星期五你和另一個人在日本看海

很多事情我都試著記得
卻總是忘記
像是現在我在這裡
你在那裡
我在寫那些不在這裡的事情

像是你的醒。那將一點點夢
留下來給我的醒
你那很容易被弄髒的白色內褲
你的牙齒輕咬蘋果
唇舌抵著皮肉
明明只是靠近
就已經進得那麼徹底

我求你了。答應我好嗎
當你要走的時候
留給我一些能讓我想起你的東西
一支你咬過的筆
穿過的短袖上衣
你可以穿著。好幾天都不要洗
和襪子。襪子保存了你的腳印。

留給我你喜歡的一本書
在書上寫滿你的筆記。如果我是你
最喜歡的書就好了。你可以
寫下你，在我的身體。
把我變成你的。弄髒我。撕下我
折成星星，放到你的夢裡。

離開前的晚上多躺在我身邊幾分鐘。
多唸幾次自己的名字。
把你的名字留給我。你知道名字
是沒有榮耀的東西嗎。就像是刷牙／睡覺／吃飯
那都缺乏冒險和寶藏，就只是
每天都需要的東西。拜託你答應我
之後不要和任何人
分享這些事情。

或許你會愛上別人。那幾個人
或許有我的樣子。或許沒有
我並不在意。我只要你保持不動
保持我看見你／你看見我的那個樣子
不要變好／也不要變壞
我只想記得那個對著我笑，大聲說
絕對要帶我去看海的你

好想知道平常那些走在路上的人
笑起來的時候
是不是真的快樂
哭的時候
是不是真的悲傷
他們知道路邊那個
穿著裙子的小男孩
正在被世界擦掉嗎

是從什麼時候開始的
我們只愛不愛自己的人
吃不適合自己的食物
寫不是自己的字
是從什麼時候開始我們
穿上別人認可的衣服
打扮成別人的樣子
決定當一個健康的人
絕不談論政治的問題
不知道天氣。不知道污染
不思考任何能影響心情的問題
太熱就開冷氣，不資源回收
絕對不在乎明天的事情

我怎麼會比較喜歡自己
恨這個世界的樣子呢
恨這個世界的時候我好像很認識自己
知道自己的位置
我知道大企業常常有害，喊著打倒資本主義
我知道歧視是不對的
我們應該對彼此更溫柔
我想拯救世界。
現在我真的不知道
我在哪裡

那天早上起床
對著鏡子練習笑容
告訴自己要開心
告訴自己會沒事的
一切都很好
你是被愛的。
我先是笑了
接著哭了起來

請你用擁抱初生嬰兒的力道
把我丟掉
不要太靠近
也不要離我太遠
就坐在我能清楚看見你表情
但又快要看不到的那裡
那個時候你才可以傷害我

你得記得每一個謊
都是在自己心臟切下大塊的肉
請你對所有未來遇見的人
都比遇見我還更加誠實
不要讓自己的心臟
愈來愈小

答應我你會記得每個人都活在
自己的狗屎裡頭
哪天你從愛你的人包包裡
再也找不到你想吃的糖果
拜託你答應我不要對他說你對我說過的謊
就直接告訴他
有一個人，他蓋了一間糖果屋
從此以後你要和他一起生活

你必須親自告訴他
不要讓他最後一個才知道
不要讓他懷疑自己吃過的蜂蜜
都是毒藥
不要用你才剛吃完糖果的嘴
對他說太好聽的話
請你讓他好好傷心
請你讓他可以討厭你
請你這個時候不要太在乎自己

請你承認自己不是那麼好的人
也請你相信
有過一個人從來都知道你是充滿毀滅的海
仍然潛了下去
在海裡他看過怪物
也見證奇蹟

我希望我一開始就知道你會毀滅我

那個男孩被你整個人壓在海底
沒有想過一秒鐘他要呼吸
他為了你拋棄整個星球的空氣
他的鼻腔灌滿水
嘴巴一張開湧出水來怎樣也不停
那個男孩為你倒光整座海洋
他願意為你不要聲音

當然你可以想說那個男孩有多變態
挖出心臟在你面前還滴著血都不擦乾
你可以說他只想聽你說話只願意和你一個人看電視
只想被你看有多黏膩像老舊但沒有過期無法丟掉的蜂蜜
你可以說他醒來第一個念頭就是你睡前最後一個念頭也是你
有多像討債集團或者國稅局或大學校友流向調查的系辦助理
但你記得是誰邀請了男孩
是誰讓男孩把王冠戴到你頭頂
跪在你面前舔你鞋底的泥

是誰先進入誰的身體
是誰先不願意分離
是誰說會從黑暗中把男孩拉出來
誰說要建造一個絕對安全的住所
誰先說到未來

是誰把男孩拉出黑暗
將他一個人丟在這裡

我覺得會哭的人都很勇敢。
你有好奇過小孩為什麼可以大哭嗎
小孩比我們都還要勇敢吧
還小的我們／懂得如何去愛
以及被愛。被愛是肚子餓了就要被餵食
上廁所了就要換尿布
看到害怕的東西就哭。
愛是看到人就笑了

小孩總是可以尖叫。是從什麼時候開始
我們長成不能隨便大叫的體質
想哭的時候要笑
愛要節制。小孩是揮霍的
隨時都得吃。
小孩整個人是打開的
如果你抱過小孩你就知道
他會給你全部／你也想給他所有

是從什麼時候開始我變成一個密閉的箱子。
不讓任何東西進來。我不知道
很想說自己是壞掉了。但沒有好過的
能報修嗎。

你問我怎麼做比較好。我也不知道
我不知道好多事情。像是我不知道是從什麼時候開始
什麼也感覺不到了的。
我只知道我習慣房間充滿聲音。
播放一首歌／看一本書／二十四小時電視放映
找幾個不會愛自己的人愛
或者寫作。／寫作並不是一個決定

我擅長製造噪音
來抵擋外面的聲音。
依賴的聲音／幸福的聲音
有人不愛我了的／有人被愛了的聲音
習慣用噪音把自己
變成別的／不會哭的
沒有人要的物品

要是那時候能遇到你就真的太好了

我們都知道不夠愛就不要說愛
但做不到
總是用吃了別人糖果的嘴
去吻另一個人
嘴裡難道沒有腥味嗎

是不是太寂寞了
知道不行，還是做了
有愛也無法繳水電房租
但讓你不那麼喜歡的人吻你
讓根本不在乎的人進入你
會比較好把日子過掉
是什麼時候開始
我們認為正常的事情
不是對的，也不是好的
就只是正常的事情

用盡心機只想被擁抱
擁抱是好的。就算抱你的人不好
這是為什麼呢？我也不知道。
可能是因為有些藥治你的時候
也把你一點點殺掉

到底是誰發明擁抱
第一對擁抱的人，知道他們
將發明出多麼恐怖的結構嗎
後來那麼多人想要
有那麼多人得不到

長大是不是就是
慢慢不再容易傷心
腳掌在地上長出根
再也不願意
為任何人移動

知道愛不再值得任何人
五體俱焚
看著鏡子裡的自己
想哭但哭不出來
覺得非常抱歉

你不在乎任何事情

不知道要投誰
反正都一樣爛吧
吃哪一種食物
最後都會排掉
怎麼努力生活
都無法得到
自己最想要的

不知道要做什麼
都不要做好了
不要思考
不要說話
去多好的遠方都得回家
就在這裡躺好

環保不環保
垃圾都無法減少
不用節約了吧
東西都用一次就好
愛過的人
就跟塑膠袋一樣
全給大海吃掉
反正愛本來
就只是消耗

歷史在哪裡
都不重要
受到迫害的人們
都已經死了
道歉他們也聽不到
傷害過的人們啊
就離他們遠一點
讓他們自己變好

那些好像還很想要的啊
也不再需要
我曾經擁抱過人
也被擁抱
剩下的一切
都只是重複
重複只是單調

一切的開始
都只會結束
花如果開了
反正別讓我知道

你願意教我寫詩嗎

爸爸你能不能教我寫
你會喜歡的詩
阻止我因為看見小熊維尼
拉著氣球飛了起來
就非常難過
阻止我所有和你不同。

可以教育我嗎。如果
我跪在你腳前
舔你的腳趾
讓你踩我。我發誓我將一路虔誠
你會願意教我寫詩嗎
教我怎麼把字
刻在歷史的皮膚上

爸爸我可以說話嗎。
如果我的舌頭
舔乾淨你沾滿泥土的鞋底
我能告訴你我在想什麼嗎
如果我讓你繼續打我
你會不會告訴我
關於詩的祕密

文學的真相
你會讓我看看
你強壯的身體寫下的
強壯的詩嗎

你願意在我體內
留下你的詩嗎
我發誓我會成為一個乖巧的小孩
六點的時候起床
替你整理屋房
按摩腳底。和其他
你可以拔掉我身體任何地方
當我說錯話
請你打我巴掌

爸爸教我寫詩好嗎
寫你喜歡的詩。
感覺你的感覺
看你所看見
在乎只有你在乎的事
你可以把我變成你的形狀
我發誓從今天開始
我會好好長大

不要難過
別想壞的那面
你擔心的事情不可能發生
你要感恩
受苦了也要笑
接受所有苦難吧
你才會長大

才會知道
沒有什麼一定是你的
時間不會不夠
這世界很公平
只要你更努力
你將會得到所有

相信自己
別人都可以
你也可以
只要遵守規矩
就會被愛
就能幸福
街上乞討的人這麼多
你已經擁有很多很多

很多人愛你了
不要寫那些難過的詩
太感傷是會無聊的
別當個只會抒情的廢物
你要記得歷史
知道他人的痛苦
更加涉入生活
不能再活在自己裡面了

別當個只愛自己的垃圾
你要知道怎麼愛人
對所有人類一視同仁
每個人都是罪人
原諒那些傷害過你的人吧
你已經不是小孩了

你應該知足
你應該常樂
你應該慷慨

為什麼爸爸告訴我
找個女孩好好守護
生兩個小孩
人生就會完滿
幸福難道真的只是
立業成家
和一個女人相處

爸爸告訴過我男人
沒有淚水
擁抱只限異性
現在我難過的時候
哭不出來
只能笑到不行
想擁抱朋友的時候
手也伸不出去

我愛我的爸爸
他告訴我要勇敢
把所有情緒吃光
不要讓任何人發現
我有感覺
那是懦弱的反應

他告訴我愛一個人
要願意付出一切
不讓對方拒絕
男人的任務
是拯救那些
受困的女孩
但我真的不知道
那些女孩想過的日子
為什麼需要男人干預

爸爸說要相信童話故事
英雄付出代價
披荊斬棘
拯救高塔裡的公主
我要好好保護那些
還沒發現自己被困在高塔的少女
但為什麼爸爸沒有告訴我
如果我連自己都無法拯救
怎麼拯救少女

爸爸告訴我為了愛
男人可以犧牲一切
做任何事情都不用擔心
愛不會讓我失敗

為什麼我總覺得
他做錯了
如果我繼續下去
我會像他一樣弄壞所有東西
我會再也沒有
可以愛的事情

總是在愛上之後才知道對方有男友了

我一直都不知道那些
真正重要的事情

我知道肚子餓的話
就要吃飯
如果你的心餓了
我可以當你的菜嗎

要怎麼告訴你
我想要你
寫一百首情詩
也比不上和你做一次愛

我好喜歡你
脫光走進房間的樣子
讓我也好想脫光
我從沒發現脫光
不是只把衣服脫掉
那麼容易

你不打算真正進來嗎
我一直都知道
自己缺了一塊
以為自己多麼特別

原來也不過是
在等待被你充滿

我在應該喜歡自己的時候先喜歡了你

你的夢有地址嗎
我想去找你
走很遠也沒有關係
一起睡覺的話
離你的夢會比較近嗎
靠近你的時候我
離自己比較遠

為什麼愛你
會讓我遠離自己
我不懂這件事情
我只知道有時候太愛你
我就會不小心變成你

推測一部電影
我應該喜歡什麼場景
寫詩的時候想著一定要寫出
你會喜歡的句子
要吃你愛的食物
扔掉你不愛的東西

愛是怎麼讓一個人
變成另一個人的。
這是魔法。我還擁有一些
你可不可以也快點變成我啊。
我不知道如果你一直不愛我
咒語的有效日子
會不會很快到期
你可以不要讓我
變回我自己嗎

我不知道這是因為
我不想當我自己
還是我想愛你
只是變成你的時候
我很害怕。更不知道我
是誰但比較喜歡
這樣的自己

我要開始寫快樂的詩

最近都不寫詩了
過得好嗎
開心了嗎
終於把日子擰乾
不再潮溼了嗎

是不是有人愛了
也愛了人
不再需要那些
讓人感覺被愛的糖果

也不再需要海了
每天清晨起床跑步
餓就吃飽累就睡
走路被尿尿滴到頭頂
也只是大笑

世界不太有雨
撐傘的時間變少
不再抗拒太陽
影子終於完整了

每天離自己
更近一點

被你愛了的我
就不想變好了
甘願腐爛
原諒自己犯過的錯
有些錯誤卻沒有
因此錯過我

你說你愛我
但如果被你愛過的我
就不再是我
有些東西在我們相愛的過程中死掉了
你還能找到我嗎

生活在移動的時候
就會有詩
但愛你的時候
我卻不能移動
一開始我以為
不需要詩
也活得下去
我能因此滿足
但我沒有

愛你讓我得到的幸福
比愛你帶來的傷害更多
快樂還是沒有發生
我想是有些很根本的東西
在我裡面無法發生作用
有些很好的東西
怎麼樣都無法通過

我想是曾有些愛
在我體內殺光了
我可以去愛的部份
剩下的那些
剩下的
剩下的那些
全不能碰

他們真的知道重複為什麼會讓人幸福嗎

神可以寂寞嗎
會不會有一天
看見路人們一個個輕易相戀
而集體心碎
落下能夠長出樹來／引起海嘯的眼淚

神會想要被愛嗎
能夠比我們更擅長保護口中的糖果嗎
不像我們不用多久
就得含著下一顆／迴避人生的苦
神會口渴嗎。像我們
好不容易從戀人眼中／盛滿半杯水了
一不小心全部打翻。

神能夠擁有幸福嗎
神的幸福
和我們一樣嗎
找到一個人／愛你愛得夠多／但不會把自己燒光
而你也相同。

神的幸福會是一種重複嗎
和同一個人一起吃飯
一起睡覺／一起起床／一起變壞

一起。在這裡／這會是神的幸福嗎
對永恆的神來說
重複究竟是幸福／還是折磨

我想愛你，好好看著你
但我做不到
有人很早以前住進我家
離開時拔掉所有電線
我的電燈全都壞掉

如果可以吻你，我會吻你
可是我的嘴唇上還有
那個人咬下的傷口
傷口流出蜂蜜
引來許多螞蟻

你知道我想擁抱你，用力抱著你
現在我的胸口
全插滿那個人留下的劍
利刃全指向你
我怎麼可以靠近你

要是我能寫詩，我會寫給你
我想替你寫快樂的詩
想看你開心
你笑的樣子
你不知道自己有多好看

我想替你創造專屬你的星球
可惜我寫出的
每一個應該是你的風景
都有虛構的他的身影

我能讓你幸福嗎
我的靈魂被那個人
留下一小點黑黑的痕跡
我用力抓，用力撕
我為了取消那塊汙漬
鑽出一個洞
現在風一吹來
我體內就響起他的聲音

相信我，我很難過
要是我可以哭的話
我會為你哭滿整片的海
但我整個人已經浸在
因為那個人
而下起的那場大雨

那場因為那個人
而不會停的大雨

很對不起
我無法努力
持續做任何事情
我不知道我想要什麼
你給我的蜂蜜
在我體內長出蟲菌

想跟你說我沒事
真的，我沒事
只是連欺騙自己
都無法徹底
對不起，我愛你
但愛你也無法讓我
比較願意繼續

我也想認識其他朋友
不再孤獨
和大家一起遊行
穿好看的衣服
舉重要的標語
只是我因為一些人
再也無法相信
那些別人
我很抱歉

有一滴雨髒了
我就燒光整片海洋

會有人比我
還要擅長愛你
會有人比我更知道自己
更願意生活
比我更環保
比我更政治正確
比我更擅長書寫
更明白這世界的意義

一直以來我
以為自己已經死了
這就是我的地獄
我以為這樣子
我毀壞的只是自己

我沒有想過
要成為你的地獄

如果可以的話好想找到一個人
讓他告訴我，每天應該穿什麼衣服
選哪一堂課，花時間學習什麼
吃哪家店的早餐
幾點起床，幾點睡覺，幾點寂寞
運動的時間該多久，買什麼商品不會傷害地球
告訴我哪一種工作值得我
和同事應該怎樣相處
告訴我應該堅持什麼

是不是哪條路轉彎轉錯了
我好像沒有成為我應該成為的大人
放棄太多我不想放棄的
擁有的全只是還來不及丟掉
如果你可以告訴我現在我應該用怎樣的姿勢被愛
怎樣的心情做愛，過程中腦子裡可以想些什麼
那一個路人可不可以愛，那這個男生這麼可愛能不能愛
我會不會就知道哪些記憶我現在應該保留
哪些怪物我應該讓牠自由

馬的，告訴我啊。我到底應該看哪部電影
讀哪幾本書，寫哪一種詩
我該說什麼，我不該說什麼
我應該對政治有什麼立場，不應該有什麼立場
我的憤怒應該是為了什麼
我可以相信誰，我可以支持哪一個總統
愛哪一個國

跟我說為什麼我遇過一些可愛的人
他們大多數時候都是好人
但偶爾也闖紅燈，亂丟垃圾，努力傷害自己
我遇過一些真的很可愛的好人
很多時候他們努力愛人
愛得那些被愛的人沒有發現
有幾次他們傷人

告訴我為什麼在我很幸福的時候
還是有好幾隻怪物躲在角柱後頭
那些怪物為什麼不願離開
還想在這裡和我一起生活

我總在想像我的葬禮

真的想死的時候
我想著我會被穿上什麼衣服
化怎樣的妝
愛我的人會在台上
說些什麼好聽的話
好像我犯過的錯
都不再是錯
試圖說服自己
死亡比活著恐怖
只要活下來就有意義

沒有辦法下床的時候我躺著
想像我破洞的靈魂
離開我如同鬼屋的身體
和其他一樣缺了口的靈魂相逢
他們會不會是好朋友
像是我沒有過的那種朋友
會不會能補齊彼此的空洞

但我的葬禮恐怕沒有人會來看我
我浪費太多時間
在我不喜歡的人身上
為了要被喜歡
不敢說真正想說的話

好像是文明
其實只是怕他們離開

總有人怪罪手機讓我們疏離
都忘記在網路發生以前
我們就已經不會溝通
如果我的葬禮上
出現了那些顏色不同的人
他們會不會終於相擁
某些男人會不會終於
不再能夠決定女人
那些還不知道什麼是死亡的小孩
能不能就暫時繼續當個小孩

到死的那天我可能也還在猜想
是哪一個街角轉彎我們錯過那一個
可以真正讓自己完整的人
在下一個街口遇到那個
可以容忍自己
接納自己，無條件愛自己的人
因而逐漸腐爛
忘記自己曾經想拯救世界
對一切都不夠滿意
後來只想擁抱平凡

我不知道怎麼開心
當你說有天
雨會不再只落在我身上
我只想到我已經整個人
泡在玻璃罐中的海裡

究竟是不是我小時候
弄壞過什麼
對別人來說很重要的東西
現在我整個人
好像還好好的
但身邊的人總是慢慢壞掉

是我總是弄壞
身邊的人嗎
像一個小孩
拆開模型玩具
想弄清楚每個人
是怎麼組成的
知道後卻又對他們失去興趣
還是我拆開他們
只是因為我知道
他們願意讓我拆開

我怎麼會感覺不到任何東西
有男孩的吻是刀
切開我的嘴巴
我應該要感到什麼的
確實是有些什麼起來了
但我知道不是真正應該起來的東西
是不是那些女孩的身體太柔軟了
讓我這麼想要擁抱她們
更想把她們切開

每一天都是一樣的
躺在床上張開雙眼
尖叫著為什麼
為什麼我還要繼續
這就是小時候大人告訴我們
那個最美好的未來了嗎
所有的人都變成罐頭
我拉開一罐
又一罐
找不到最適合的口味
我醒來就看起來那麼好看
做任何事情都是因為我早已經習慣

難道是我擅長的
是傷害別人嗎
我說我愛你但我不愛
說喜歡也不是真的喜歡
哭的時候努力忍住笑意
看到路邊老人跌倒總是大笑出來
被打了一巴掌
說我是怪物的時候
我露出牙齒
想咬掉他們的舌頭

我不知道我是怎麼變成這樣的
有次我發誓，一個愛我的人
在大街上抱著我
告訴我你不用成為更好的人
你是被愛的
我發誓我知道他沒做錯任何事情
他是個那麼好，那麼好的人
他做對了一切一般人
都會說是對的事情
他從未犯錯
待我善良
總是相信我
一直在我身邊

他保護我
他是英雄。
當時我看到一台卡車從遠方駛來
我多麼想用力一堆
讓車輪壓碎他的頭骨
我想毀掉他
我多麼想多麼想讓他不再存在
他做對所有事情
提醒了所有我的不對

我不知道我在這裡幹嘛
我只感到無聊。
我看人，但看不到人
我看到他們身上所有
我缺乏的東西
有次另一個人用雙手用力掐住脖子
更用力，更用力一點
我幾乎是要昏了過去
我卻還是只想笑出來
我嚐到血的味道
他要我說我愛你
我聽到骨頭碎掉的聲音
有那麼幾秒
我感覺那就是愛

你不知道我有多希望你能感覺被愛

做愛途中我要求他更用力插入
掐住我脖子。不是輕握
是把布娃娃頭扯下來的力道
他停下來
問我小時候是不是被誰傷過
我說我不知道欸
如果你父母從小告訴你
不要說話
不可以難過
學校課本告訴你
你只能喜歡女生
第一個吻你的男孩
說他愛你
告訴大家你是怪物
你原本存錢要買的芭比娃娃
被換成機器人模型
你告訴我你算不算被傷過

說他真的愛你的男孩
把你的頭壓在枕頭底下
他不想看你的臉
你的臉讓他硬不起來
做完軟了他想吻你
把枕頭移開

他不知道那時候你就死了
告訴我這樣你算不算被傷過

小時候你打開房門
看見怪物吃了另一隻怪物
怪物要你保守秘密
否則就把你吃掉
長大後有天你在外頭
告訴別人這件事情
他們臉上有一種剛漆的純白油漆表情
安靜潮溼到讓你頭裡長出蜜蜂
你想更大聲尖叫但想起了
怪物說會把你吃掉
你說這算不算痛

告訴我如果那些事情都沒發生過
我活在愛我的家庭裡
一路走來整個人生像是泡在蜂蜜裡
卻沒有感覺被愛過
感覺不到任何東西
我被掐著脖子
直到不能呼吸
才覺得自己好像活著
你告訴我這樣算不算痛

我想知道哪天是世界末日

你所愛的
到底是哪個世界呢
我們的這個世界
有小孩的性
被大人偷走
女人的身體
被男人掌控

有那些男人
覺得自己值得擁有一切
有些惡人
說服自己是個好人
有些好人
隨意更改好與壞的規則

我們有一些規則
沒有人聽從
有些人聽從的規則
不符合實際的需求
有些需求
不可能獲得滿足
有些滿足只是
我們用來欺騙彼此
繼續存活的藉口

你所愛的這個世界
有些傷害
不被承認
那些歷史書被擦得太用力
紙都破了
有些人還是在懷念那個
早已經不存在的王國

你要我怎麼不悲傷呢
這個世界
好像我做什麼都沒有用
溫度還在升高
減量的垃圾
憑空出現的玻璃吸管
環保不過是
這個時代的行銷

我怎麼能夠不悲傷呢
自由是種謊言
所謂愛的本質
不過是將就到老
我們說到性
只想到好看的人不穿衣服

我們想改變世界
每天起床
世界都像是
從未發生
我們只是路過

這才是為什麼我們無法擁有美好的東西

你也知道
有些事情
這樣不好
你還是繼續做
因為你不知道
怎麼做比較好
有些話一開始
你想對某些人說
後來全都沒有

你也不知道
為什麼有時候
你一直朝湖裡
扔那些寶物
還希望有人
會把你丟進去的東西
全都找到

好幾把刀長在你體內
在你靈魂戳出好多洞口
原本以為長大之後
就會代謝完好
等到刀刺出胸口
卻停在那兒再也不動
你才知道

是你太晚把那些利刃
一把一把拔出來
你現在就只能試著
不讓自己想起來
擁抱的時候
總是和對方隔著幾刀

是你沒有趕在
冬天降臨之前
把湖裡的垃圾
全都清掉
太遲了已經結冰
那些東西永遠
都會住在你的裡面
成為一部分的你
成為你的惡魔

我想擁抱你，但我害怕成為我的父親／我害怕我是從我父親的影子裡長出來的／我害怕如果我的母親是怪物，那我算什麼東西／我害怕我的小孩會太像我，他跟我一樣，拆開所有可愛的人，只想知道裡面有沒有更可愛的玩偶／我害怕我另一個小孩會更像我，他跟我一樣，不在乎任何事物，只想揮霍／我害怕每一次聖誕節新年農曆過年生日母親節父親節或者任何需要和家人坐在一起吃飯的日子假裝我們在乎彼此但他媽的，你們到底是誰／我害怕湖畔小屋。我的父親建造了一間湖邊的屋子，現在是座鬼屋／啊、不、不是這樣，我又記錯了。我害怕的是我就是我父親建造的那座鬼屋／我害怕我的小孩不知道我多希望他們能感覺被愛／我害怕我們沒有辦法真正認識自己的父母／我害怕男人，他們吻我的時候，我總是想到我的父親／我害怕被詢問生日願望，擔心有天我會不小心告訴家人，我希望他們不見／我害怕愛。他們總說小孩是愛的產物，但我的父親是隻吃掉我母親的怪物／我害怕我的長相。我看起來像我的母親，但我擁抱人的時候，用我父親的力氣／我害怕我父親的手，他的手上長滿厚繭傷疤，說那是男人的證明／我害怕我母親的聲音，太像我了，我有時候不知道我說出的話究竟是不是我說的／我想擁抱你，但我害怕我已經死在出生時，這個家宅屋瓦是我的地獄／我害怕如果現在我停止打字，我就會從這個世界消失／我害怕我的人生已經走到一個沒有網路訊號沒有便利商店的曠野／我害怕我是地圖上的游標，我走別人排程好的路，體驗別人已經體驗過的生活／我害怕聊天訊息上的綠燈，你一亮起，我整個人就是警告標示紅得徹底／我害怕我的鍵盤壞掉，我不知道如果打不出字來，誰能聽見我的聲音／我害怕我喜歡的人沒有使用社群網站，這樣我不知道他是不是真正存在／我害怕刪除鍵，每當我按下去，我就要閉上眼睛，擔心自己就這樣被取消了／我害怕別人的擁抱，我建造擁抱機器，但它的擁抱卻總是少一點點，總是不夠／我害怕只要一天不在線上，我就會錯過什麼重大的消息，像是如何變得快樂，如何真正清醒，如何找到自我／我害怕一個人站在街上手機忽然沒電，那感覺就他媽的像是所有人潮都與我朝相反的方向移動／我害怕我所有的經驗，所有的感受，都只不過像是一場電影一樣，劇終後黑幕一下，就全都沒有／我害怕我的貼文沒有足夠的愛心，我不知道如果別人不喜歡我，那我應不應該喜歡我／我害怕我即使關掉社群網站的帳號，他媽的，也不會有人發現我的不見／我想擁抱自己，但我是座屠宰場，我害怕我自己。／我害怕那些喜歡自己身體的人，他們看起來都好自由，像是會毀滅人類的海／我害怕和我一樣的男孩。我爸爸說男孩的唇是刀，口水是毒，我不能碰／我害怕和我不一樣的男孩。有個男孩用牙齒把我拆開，挖出我的內臟，說它們很美／我害怕衣櫃。有一次打開衣櫃，我看見我自己在裡面／我害怕性別。我不知道自己是哪一個，我不知道自己是誰／我害怕女生的身體，藏匿太多課本從來沒寫的祕密／我害怕紙做的男孩，不是因為容易把他們弄壞，而是我的手指滿佈他們留下的傷痕／我害怕我發現自己是個男孩是因為我吻了另一個男孩／我害怕夏天，夏天讓人無法用衣服隱藏自己／我害怕在電梯裡遇到七歲的我。七歲的我看著鏡子，人生第一次發現自己醜／我害怕在電梯裡遇到二十三歲的我。二十三歲的我把自己的心臟挖出來，送給一個空心的男孩／我害怕擁抱，有一次我抱了一個男孩，他是玻璃做的，他被我弄破／我害怕體育課，我是分組會落單，找不到男孩一起玩球的男孩／我害怕和別的男孩坐得太近，我分不清楚他們是邀請我靠近，還是希望我快點遠走／我害怕卡通。那些卡通裡的人物擁有的身體，都跟我不一樣，我不知道我是對的還是錯的／我害怕我的靈魂，不是裝錯身體，是裝錯物種，裝錯時代，我活在不屬於我的時空／我害怕我的身體不是我的身體，他是路人的身體，被路人貼上售價，推到台上拍賣／我害怕年老，如果不夠可愛，我不知道我會不會愛自己／我害怕性，我害怕那些不斷說性有多重要的人，我怕那些說性一點都不重要的人，我怕那些沒有性的人，我怕那些擁有太多性的人。我害怕我是從性來的人／我害怕夜晚。有好幾個夜晚，那個在白天掐著我脖子的男孩，會爬進我的身體裡面／我害怕照鏡子的時候照不出自己，只照出別人的模樣／我害怕我只會愛自己，因為沒有人愛我／我害怕每一個人都說他們愛我，但沒有人喜歡我／我害怕有愛，有喜歡，但也沒有用／我害怕我知道怎樣是快樂，但我怎樣也感覺不到／我害怕我感覺不到任何東西／我害怕你不知道我有多希望我能吃掉你的痛／我害怕我真的努力在乎你了，但那還是不夠／我害怕我想用一顆又一顆糖果填補我靈魂的洞／我害怕我不夠誠實，害怕我太過誠實／我害怕我再也沒辦法像十八歲的時候那樣勇敢／我害怕解釋自己。我怕我一說話，所有我吃過的糖果就會全都長腳爬出我的喉頭／我害怕睡覺。我害怕有隻蟲偷偷鑽進我的腦袋裡，在裡頭埋卵，醒來之後我就不再是我／我害怕清醒，清醒和失眠一樣，根本他媽的不是個決定／我害怕眼淚，每哭一次，我就感覺自己變少一點／我害怕每個人總是說著「你要更努力一點，你可以的」但我已經在這裡了每天都想去死但還是在這裡難道我還不夠努力幹我難道不能不行嗎／我害怕你在我難過的時候要我吃藥，我知道你不是真的在乎我／不、不對。或許，我害怕的是你在乎我，但那還是沒有拯救我／我害怕你說我是我，但我不是，我不是我，原版的我已被掏空／我害怕今天。

今天很快就要變成明天，明天是一隻吃人的怪獸／我害怕我的影子有天會發現我是個垃圾，決定要取代我，過更好的生活／我害怕派對結束，沒有人問我接下來要去哪裡／我害怕在電梯裡遇到十四歲的我。十四歲的我在電梯裡哭，把淚腺哭破了，發誓那是最後一次傷心／我害怕在電梯裡遇到十八歲的我。十八歲的我有幻覺，以為自己是個好人，以為自己值得所有的愛／我害怕在電梯裡遇到二十歲的我。二十歲的我不和任何人說話，他不再相信自己是個好人／我害怕在電梯裡遇到二十六歲的我。二十六歲的我擁有許多別人沒有的糖果，還是不知道自己想要什麼／我害怕擁抱，曾經我擁抱一個滿身尖刺的人，如今我胸懷插滿利刀／我害怕算命。我害怕他喊著我的名字，大喊我還要多活幾年／我害怕我是顆圖釘，被隨意釘在地圖上，無法睡覺不能移動難以呼吸。醒不來，我夢不到任何東西／我害怕身分證。我不知道如果沒有身分證，我是不是真正的人／我害怕我的愛人，他靠得太近了，有一天他會發現我眼裡有另一個我正在求救／我害怕打開衣櫃，恐懼我的童年躲在裡面，他是個拿刀的小小的我，伺機戳瞎我的眼睛／我害怕交朋友，交朋友像是拿一把刀塞到對方手中後閉上眼睛，期待對方不會拿來刺我／我害怕你拿走我的藥。我知道這樣不好，但我需要一些不好的，讓我感覺自己可能變好／我害怕走路。我擔心馬路上總有個洞，我會掉進裡頭，成為別人的夢／我害怕我的病不夠寫實。我跌倒一次，花上整輩子，也爬不起來，像是虛構的設定／我害怕消失。不要誤會，我超想消失，但我害怕知道這世界根本對我的消失不在意／我害怕我的詩，那是真空包裝大量販售標榜健康，沒人在乎成分是我沿路掉下來的影子／我害怕鬼魂，也許他們是我們的過去／我害怕鬼魂，也許他們是另外一個世界的人類，我們才是真正的鬼／我害怕自我介紹，他媽的，我到底要講什麼，我是誰，誰是我，我們到底來這個世界做什麼／我害怕有時候我太悲傷了，我無法控制自己，我會在大家都笑了的時候忽然大哭／我害怕起床。每次醒來，我都懷疑自己醒在別人的身體裡面，我盜竊了別人的清醒／我害怕長大。他媽的，時間可以停下來嗎，到底為什麼我們要長大，我們應該變成什麼樣的自己／我害怕我的靈魂缺了幾塊，無論我試圖用什麼東西填補，都只是在上頭戳出更大的洞／我害怕我是一把鑰匙，鎖早就生鏽，斷裂，我完全沒有其他作用／我害怕你永遠無法理解我，我的困惑，我的焦慮，我的恐懼，對你而言是不夠寫實的抽象鬧劇／我害怕有人告訴我「你要繼續向前走」。對，他媽的向前走，我懷疑他們不知道什麼叫作卡住。卡住就是我在這裡，我知道我要去哪裡，但我不能移動。我他媽的不能移動／我害怕我這輩子都只會繼續害怕所有我現在害怕的事情。我的恐懼是一座屠宰場，它吃了很多的愛，吐出油、骨、血和秘密，有蜂蜜的氣息

1.
討厭太輕易的事情
寫作太容易。卻還是
繼續寫下去
沒有別的技藝

2.
總想著和人一起跳舞
終於有人共舞
又只想跳得更好
又不想跳得最好

3.
沒有打算失眠
也沒有打算愛的
只是愛了。
神離開的時候
忘記把枕頭還我

4.
明明知道不哭
有一天會裂開的
卻為了留住一切
不敢大力悲傷

5.
不想擁有的東西
不想別人擁有
不喜歡的人
不喜歡別人喜歡
被愛的時候
無法愛人

6.
一直都只在乎
這一杯水
喝了一口
捨不得喝下一口
最後全蒸發了

你還年輕
但不能說是活著
頂多是時間在過
你其實很怕死
可是你好累了
你的身體舉行過無數盛大派對
收容過太多沒打算留下的人類

你知道如果不創作
你就會弄壞別人
更可能是弄壞自己
你不想在乎，但你還是擔心
自己不夠好看
還是想當個好人
不過你好累了
你想有人控制你的生活

你想說點什麼
當你看到不好的事情
發生在別人身上
路邊有人哭的時候
你想擁抱他們
你還是想愛那一些
愛你，但用傷害你的方式愛你的人

你還是想要快樂
想喜歡自己
可是你好累了
你只想躺下來
什麼事情也不做
被時間忘掉

放一把火
燒光你說過的話
好過的生活
我覺得我變好的
（真的是這樣那也就太好了）

你想當個普通人
但你不是
希望你知道你比所有我遇過
即將遇過的人
都還更正確
你值得一切榮耀

我想是再也不能相見了
每次見你，我都懷疑自己好像也要死掉
不過想你的時候已經
不會那麼想死了，這很好吧
你那天笑看起來很好看，比海還好
我不會告訴你那時候我發現我是不正確的人

你知道嗎，即便恨透這個世界
我還是想拯救它
就算很可能世界沒被毀滅
被毀滅掉的就會是我
努力想做好事，當一個人
詩寫得還是不好還是一直在寫
用我擁抱你的力道擁抱我
幹，我真的好想成為一個更好的人
你會笑我的吧

現在的我是因為遇見過你
沒有你就沒有我，多希望你能知道
要是能在這時候遇到你
我可能終於可以夠好

也還是好奇要是從來沒有相遇
我們會不會比現在更好

你不知道我多希望能吃掉你的痛

不可思議的是
我愛你
全世界的眼淚
都變成蜂蜜

你是發生在我身上
最重要的傷口
傷口長出枝芽
一開始很痛
後來長出花果
有蝴蝶和蜂鳥

現在想到你
全是你快樂的樣子

總有一天我會記得你
也會想你
但不像現在這樣記得
這樣想你
我會像是記得我們
曾經一起看過一部電影
不太記得電影演了什麼
那樣想起你

不再需要避開
和你一起去過的餐廳
那一首你告訴我的歌
我會重新去聽
你給我的含糖飲料
還沒喝完就打翻了
我想我會忘記
是誰打翻的了

我想，有一天我會知道
發生了的事情
就是發生了
看見怪物的人
就算閉上眼睛
怪物也不會離開

末日降臨之後
活下來的都是遺民

那我就終於可以重新愛你
像我愛任何人一樣愛你
你需要火
我會借你
但你不能踏進我家了
我會捧著火給你
像是我捧著禮物
給剛搬來的鄰居

我會回到自己
終於會有一天我記得你，只是
不會再想起你了
記得和你一起旋轉
和你掉進谷底
一個人爬出來
以為現在就是永恆的那些日子

我會終於把你
完全留在那裡
你會真的可以
成為其他人的東西

我沒有打算和你解釋我的悲傷

有人愛你
愛讓你變得軟弱
一開始你感覺幸運
一絲不掛也不害怕
很快你就覺得冷
風吹也痛

有些聲音在你腦海
不斷奔跑
他們說你不夠好
你的恐懼都不真實
要你閉嘴停止亂叫

不要再消費悲傷了
你不可能
可以健康到老
最好是放棄掙扎
直接跌倒躺好

全世界每一個人
都想要把你取消

你覺得自己
不可能再快樂了

你不是完整的人
被再多人看見
被再多人需要
也不會比你小時候
好不容易存錢
買到一根霜淇淋
在融化之前
把它吃掉
還要滿足

我多希望我可以
在你走得太遠
掉到世界的對面之前找到你
給你一個擁抱
告訴你，你沒有壞掉
只是你的現在
比你以為你
應該成為的還少

沒有任何事情
可以讓你完整
缺少一些別人擁有的
那些美好的星星
不代表是你不好

你不用和任何人
解釋你的悲傷
如果你想說
我會聽
如果你不想說
我也不會走掉

我比不好還更好

又過完一個
沒有別人的一年
很寂寞吧
有些痂被撕開
裡面流出膿血

有些人會說
你是故意不好的
你的痛苦都是自找
或許他們是對的
你已經成為
自己的地獄

隨便被問候幾句
就忍不住
全身都快碎了
用膠帶貼好的自己
有些部分因為潮溼
黏不牢了

好了啦
沒關係的
就再重新捆過一回

沒關係吧
這一次真的
真的就要
就會把那些怪物
都給擊退
終於可能
成為剛好的人類

已經離很遠
仍然很在意的人們啊
知道彼此還活著
就不要知道更多
沒辦法再分享生活
至少要有辦法
分別開心
分別崩潰

或許不是現在
當然也不太
可能在明天
但我們都有各自
擁抱自己的機會

如果還給不起其他的
先給自己時間
如果再給不起
退後一點
給自己愛
給自己空間

我是個人類，我也需要擁抱

對不起，班尼
我把日子錯過了
我只是存在
我沒有生活
我二十七歲了
我想我終於開始明白
成為人類
所代表的意義

我可以做到的
雖然還是不知道
怎樣停止腦內的戰爭
偶爾還是感覺
像是有其他人
在操作我

要記得我是個人類
我也需要擁抱
可能這輩子
都適應不良
也是要用力呼吸
直到討厭的人
都先死掉

直到討厭的人
都能夠握手交好

也許有些很糟糕的事情
發生在我小時候
也許什麼也沒有
我的過去只是
一部分的我
重要的是
我的現在
重要的是
我的以後

走過去吧
那裡有一道門
把門打開
無論是變好
或者是變壞
總要從某個地方開始

班尼，我想我終於發現
是什麼讓人
決定活下來
不再害怕結束

你喜歡過連我也不喜歡的自己

謝謝你喜歡過我
在沒有人
連我也不喜歡我的時候
你喜歡我

你喜歡過這樣的我
與大眾疏離，不太知道
怎麼交朋友
送出去的禮物
總是回到自己手中
想哭的時候只能自己躲在房間裡哭
謝謝你接住了這樣的我

天啊，我真的也搞不懂
你怎麼會喜歡我
才一個吻，明明知道你也還沒愛我
我就想和你養兩個小孩，兩隻貓
一整座魚缸的水母

就想和你交換外套鞋子和所有個人衣物
規劃每天的生活（最好能一起睡覺）
給你看我的餅乾食譜
我明明是不願意
讓任何人進來我房間的

我曾經好想好想變成你哦
變成你的話我是不是
就可以比較喜歡自己了
像你喜歡我那樣喜歡自己

好想知道你在喜歡我的時候
是怎麼樣的心情
有沒有也喜歡我喜歡你
會不會也喜歡我到在夜晚睡不著覺
會不會害怕我的不見

有沒有擔心未來的某一天
我們會真的像現在一樣
戒除掉所有多餘但非常順口
難以忘懷的零食
過著完全平行的生活

很難過吧
被怪物咬了
看見的都是怪物
真的真的好想
就變成怪物

搞不懂為什麼
沒用的人
拿了一堆糖果
好吃的果實
都掉在別人家門口

你看他
他看你
你們站在同一座懸崖
相互推擠快掉下去
你們看不見彼此
只看見地獄

你可能只是忘記
你喜歡的東西
很多人也喜歡了
不會因此
失去意義

你絕版的詩集
是為了那個人而寫
不愛了仍然
值得所有字句

有些好事
需要一點時間發生
就算他變成怪物了
試著原諒他吧
你心底那場
讓你無法生活的
不停的戰爭
舉白旗吧
你們都要停下
不要再試著把對方
推下懸崖

不要害怕善良
不要害怕溫柔
不要害怕立場
不要害怕示弱
不要害怕投降

知道自己能夠去愛是很重要的

從今天開始
你要找到一個人
活下來的理由
你要弄清楚
為什麼每一次
別人的擁抱
都感覺那麼少

你要停止懷疑
每一個別人
送來的禮物
盒子裝的是不是炸藥
你要在重要的人
生日的時候
準備蛋糕
你要唱生日快樂
聽到好笑的笑話
你要笑

你要去聽演唱會
舉辦座談會
與美好的人事物相遇
鼓起勇氣
和他們說話

你還要開始拍照
要把生活
不抽象地記牢

有些很可愛的人
你很喜歡
我知道，但
不能再喜歡太多
這一次你真的
必須成為自己
故事中的英雄
你必須真的
先把自己拯救

下一次有人
把愛給你
真的把愛給你
你會知道
你會相信他
如果你也愛他
你會接好

大人不會告訴你的：

1.
只要你每天死掉一點點
你就可以活下來

2.
活下來有時候
只是因為
一些很小很小
其他人都沒看見
但你看見了的事情

活不下來也是

3.
有人會愛你
就算你傷痕累累

未來的我，你會不會原諒我

從前的我，大概會很恨我
現在變得如此軟弱
不再憎恨他所憎恨的惡魔
每一天都在思考自己想要怎樣的明天
做出更多選擇
放棄更多事情
不再想要過著多種版本的生活

不太在生氣的時候發文
真的想溝通的話
直接和他們溝通
試著讓語言有力，但不是刀
當一個柔軟的人
從前的我，一定會嘲笑這樣的我

你會原諒我嗎
想成為更慢，更有想像力的人
盡可能體驗別人的痛苦
看見更多別人沒看見的
一隻鳥停在草皮吃掉蚯蚓
看見鳥，也看見蚯蚓

你不會原諒我的吧
我開始擔心自己吃的食物
想念好久沒聯繫的朋友
對從前發生的事情感到難過
開始在乎我支持什麼
開始減少自己的虛構

你知道自己是個好人
你做對的事情
你走一條你知道是正確的道路
你不像我。我知道我不是好人了
我不能決定所有事情
有些規則我無法改變
我只能盡量不要把玩具弄壞

我不再覺得自己總是正確了
你不會原諒我的吧
這世界讓我好疲倦
一個人走路回家我竟然覺得寂寞
就算跌倒了，你也不像我
你會爬起來，拍拍自己的褲子
深呼吸忍住眼淚
繼續自己一個人走

欸，活著好嗎
還是活下來吧
吃點蛋糕，我也吃一點
要是能這樣就吃掉你的痛就好了
就活下來好不好

希望有天你可以變老
走路愈來愈慢
有些痛苦的事情
就放到更遠的地方
再也不要看到

不要傷害自己了
難過不是需要羞恥的事情
拿一張紙
把那些讓你感覺不好的人
一個一個劃掉
真的不行的時候
就吃一些藥
讓藥說服你
自己可以變老

把自己打開一點
讓人進來
別再害怕受傷
有些傷口是不會好的
有些人可能讓你變好

來，相信我吧
你是很好的
我喜歡你的任何動作
真的很難過的時候
牽我的手
就和我一起跳舞吧
重新開始還不算太遲

不要說再見好嗎
那些發生過的壞事
都不是你的錯
活下來很可怕
你很累了
你不用告訴我
我都知道

好希望你看看我現在的樣子

小時候吃過
很好吃的冰淇淋
長大再吃
懷疑舌頭在某個夜晚
偷偷被人掉包
原以為那象徵了
成長作為腐敗
再好的東西
都會發爛

愛人教會你
一些歌的道理
那些歌原本珍惜
後來就不敢喜愛
為他寫了的那本詩集
詩裡有自己最好的樣子
也寧願絕版

後來就把門
都給關了起來。

或許快樂的回憶
回憶起來
都是悲傷的

因為長大後才發現
快樂是限量的
小時候的夏天
大家忙著游泳、奔跑、接吻
悄悄用光大半
悲傷卻慢慢進化成
不能噤聲的限時動態

但或許所有快樂的回憶
真正回憶起來
應該都是苦樂參半
現在的你一個人生病
一個人生活
一個人找不到
以前決定過的未來

只是出生的時候你不孤單
還有過幾次崩潰
都有別人陪伴
有人愛過你
真的愛過你
讓你看見世界所有的顏色
就算那些人
都已經不在

好過的人好過
就算變壞
還是好過了
冰淇淋曾經好吃
詩集曾經珍惜
喜歡過的那些事情
記得你的喜歡

我不好
但很快就會好了
我會被愛
會被喜歡
我知道一直這麼說
只會被嘲笑重複
我還是必須這麼做
因為沒有別人
會這樣告訴我

我已經不想再問
為什麼那些壞事
總是發生在我身上
不想知道是不是因為
我曾經弄壞
誰很珍貴的寶物
不想知道我真的可以被愛嗎
能被看見嗎
我能在這裡嗎
我要保持清醒
看著眼前的世界

但糟糕的時候還是太糟
所有巧克力

吃起來都像泥土
好過的時刻全變成人工糖果
我努力爬起來
努力跌倒
不想離開床
不知道為什麼要醒來

但好的時刻還是很好
就算不好也要假裝夠好
我會看世界比較不髒的那面
我會更聰明
我會更善良
我會從床上爬起來
露出一個不好看
但很認真的笑容
我會出現

我會當個好朋友
盡量站在同一陣線
傾聽別人心事
跟他們聚餐
當別人難過的時候
我會說這一切都不是你的錯
並擁抱他們

我會對刷牙洗臉打掃
吃藥起床
這一切瑣事
都不感到無聊
我會決定留下來
我絕對不會逃跑
我要讓愛我的人驕傲

他們不願意告訴你的事情
讓我告訴你好了

你是很好的
我看見你了
我知道你很努力
你可以休息了
你比自己想像的
還更重要

不要再回頭看了
過往的怪物
會被你吵醒
你已經不是那個
摔壞爸爸模型的小孩
他們都原諒你了

不要和別人比傷口
痛苦是比不完的
你已經活了下來
不是活著，是活下來
你要知道現在
你笑起來很好看

明明很痛
卻還是放在心上
夢裡總是出現
切開就流出蜂蜜的那些人
就放把火全都燒光吧

你已經通過了
你是完整的
你即將成為自己
別人的擁抱
就要來了

後記

《人工擁抱》是我的第六本詩集，如果真要替六年來所出版的詩集設想定位，我猜測《1993》大概是告白之書，《我討厭我自己》是曖昧之書，《1993》增訂版是戀愛之書，《恐懼先生》是失戀之書，《1993》三版是告別之書，而現在這本詩集，則是他者之書。我們終於是走到這裡了。

這本詩集收錄我從 2017 年末開啟「《人工擁抱》——情詩委託企劃」後所寫的五十一首以及五十一則相關短文。這個企劃總共收集了七千六百四十三則故事，我將這些故事分類整理後，設定出一個「人工擁抱」角色，分別寫出關於他的五十一首詩以及五十一則短文。詩和短文以及作者與角色可以互相作為參照，也可完全分道揚鑣。

2017 下半年對我來說淒慘無比，我幾乎沒有辦法面對自己，信仰全無生存危機，非常害怕自己從此無法再是自己。暫時不願意（事實上是無法）當潘柏霖的我決定使用這個企劃來讓我偶爾可以閃躲個人的傷痛。不過原先出於迴避個人災難而半帶嘲諷意圖的企劃，卻在後來兩年使我更加認識自己根本始料未及。一開始只是玩笑性質，帶點諷刺口吻的「人工擁抱」，作為迴避我其他詩作過分個人化讓我感到恐慌的方式，現在竟然真的變成自己用一種超彆扭歪曲的姿勢擁抱自己，就像是在愚人節半開玩笑地和一個自己有好感的人告白，結果騎虎難下開始交往，不小心就共度餘生那般荒謬。

這些年來我不斷改版詩集以避免冬天降臨湖面結冰那些我在人生中犯過的錯就永遠凍結在湖裡面成為我自己的一部分，我對趕快把那些垃圾撈起這個行為著迷不已，並且深信我必須在創傷發生不久後就積極面對以免那些創傷生根再也不能拔除。我至今仍然相信我們必須面對自己的怪物，無論我們如何逃避，怪物都會追上我們，但我開始相信冬天會過去，結冰的湖會融化，有些垃圾還來不及一次清除，或許沒那麼要緊。有些時候太想保護自己，太想成為自己，非常害怕自己被那些所受到的傷害，所犯過的錯改變，對「成為自己」這個概念太過在意，導致自己無意間成為一座屠宰場，把所有靠近的人都壓成肉泥，就這樣成為自己故事裡的反派角色。

在創作這本詩集的過程中我明白了一些小事情，這些其實都不重要，但我必須在羞恥感重新湧上來之前把這些話說出來，否則我就不可能有勇氣說了——當你知道自己是誰，真正知道自己是誰，知道自己的喜好，知道自己的性格無論缺陷。當你已經擁抱你的黑暗，不再急著和你的怪物告別，你就不會那麼害怕改變，你就可能學會擁抱他人。

但那不是因為你想要擁抱，而是因為你知道他們需要。

2020/05/01

人工擁抱

作者	潘柏霖 without.groan@gmail.com
出版	潘柏霖 23699 土城平和郵局第 90 號信箱
裝幀設計	潘柏霖
手寫插畫	潘柏霖、鹿鹿
總經銷	紅螞蟻圖書有限公司
地址	台北市內湖區舊宗路二段 121 巷 19 號
電話	02-2795-3656
傳真	02-2795-4100
ISBN	978-957-43-7652-0
初版	2020 年 7 月
定價	NT$666

國家圖書館出版品預行編目 (CIP) 資料

人工擁抱 / 潘柏霖作 . -- 初版 . -- [新北市] : 潘柏霖出版 ; 臺北市 : 紅螞蟻圖書總經銷 , 2020.07
面 ; 公分

ISBN 978-957-43-7652-0(精裝)
863.51 109006128